Mit spitzem Pinsel

Surrealistische Visionen

Wolfgang Link

Allen, die mit dem Vertreten unbequemer Wahrheiten
Zivilcourage bewiesen haben

Vorbemerkung

Mit den vorliegenden Bildern möchte ich auf keinen Fall religiöse Gefühle verletzen oder den Betrachter politisch indoktrinieren. Vielmehr ist beabsichtigt, auf Missstände und Fehlentwicklungen bei Umwelt, Geschichtsschreibung und Politik zum Nachdenken anzuregen. Der Autor achtet alle Weltanschauungen und Religionen, soweit sie mit der Menschenrechtsdeklaration der Vereinten Nationen vom 10. Dezember 1948 vereinbar sind. Dagegen null Toleranz gegenüber menschenverachtenden Ideologien, die um ihres Totalitätsanspruches willen Gewalt anwenden und selbst vor Morden nicht zurückschrecken.
Es ist ein Anliegen des Autors, Probleme differenzierter anzugehen. Mögen die vorliegenden Bilder Denkanstöße dazu sein.

September 2015

Inhalt

Politische und gesellschaftliche Fehlentwicklungen
Politisches Tablett
Schuldkult und Selbsthass - pathologisch!(?)!
Prosit!
Zuviel Humanität mordet die Humanität
Der Dämon

Impressum

Wolfgang Link, 2015

Alle Rechte liegen beim Autor
Technische Ausführung: David Zimmermann

Herstellung und Verlag:
BoD - Books on Demand, Norderstedt

ISBN 978-3-7392-7949-7

Missbrauch der Technik führt in die Katastrophe

Zerstörung der Lebensgrundlagen   geistige

6

Wüste   Die Geister, die ich rief, werd' ich nicht mehr los (aus Goethes Zauberlehrling)

Gute Fahrt!

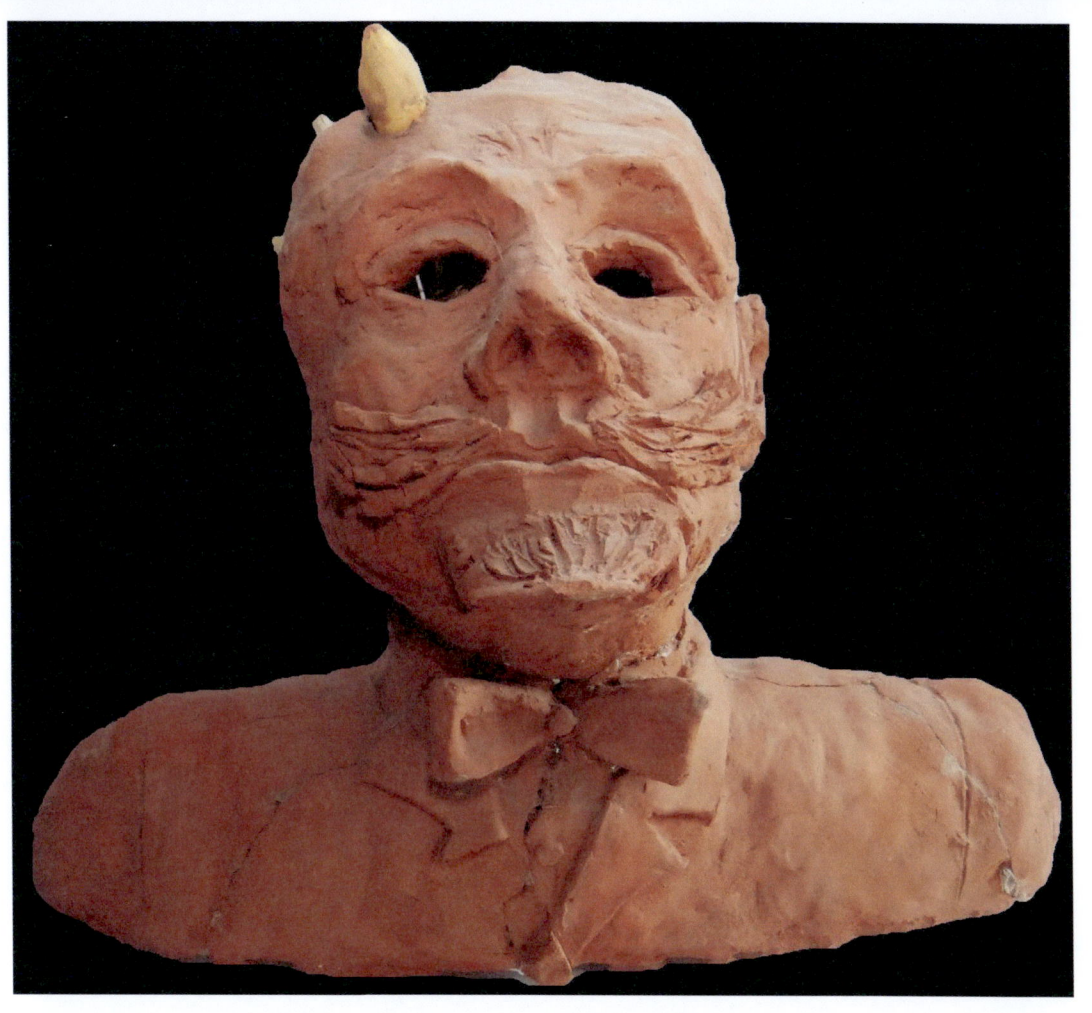

Der Gigantomane…

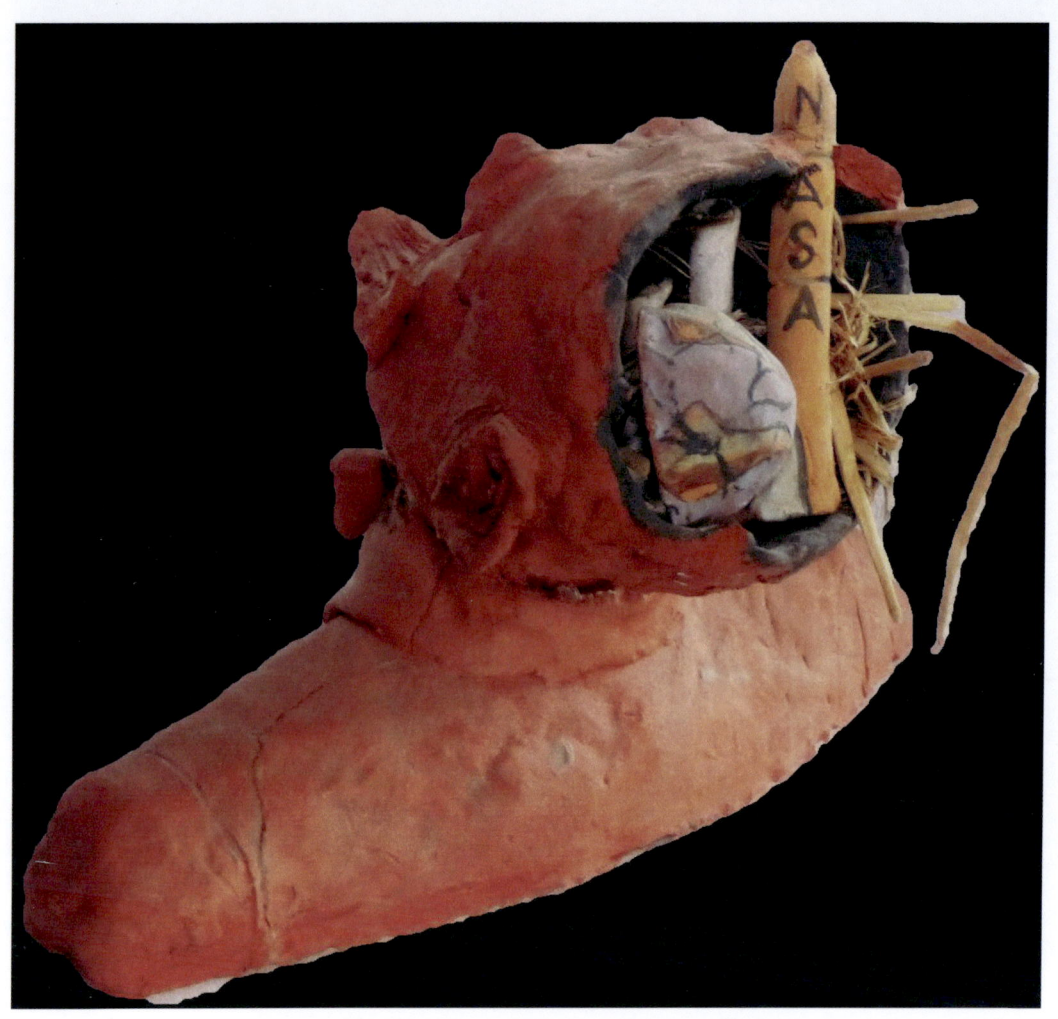

hat Stroh im Hirn (Tonplastik)

Gesellschaftskritik

Rauchen- Dinosauriermanier

Auf den Hund gekommen

12

Der Hassprediger

13

Die Überlegenheit des American way of life

Angesichts Massentierhaltung, Viehtransporten,
Lebendschächtung, Gammelfleischskandalen u.a.
guten Appetit!

1. Der Prophet
2. Tod und Verderben
   durch Fanatiker
3. Genießen macht
   gemein

Der Tanz

4. Der Götze
5. **ICH** bin das
Heil der Welt
6. Gigantomanie

um das Goldene Kalb

900.000 Tote

600 000 Tote durch Bombenterror

Millionen

Tag der Befreiung für alle?

in Lagern der

Westalliierten

in Sowjetischen
Lagern

14 Millionen Vertriebene

von denen 6 Mio. auf der Flucht ums Leben kamen

Unzählige Menschen verhungert

Aussage

eines hohen
US-
Offiziers:
Wir kom-
men als
Sieger, nicht
als Befreier.

Das blieb von der Konferenz für Sicherheit und Zusammenarbeit (**KSZE**) in Helsinki übrig: **K Z**

Good bye, bessere Republik!

21

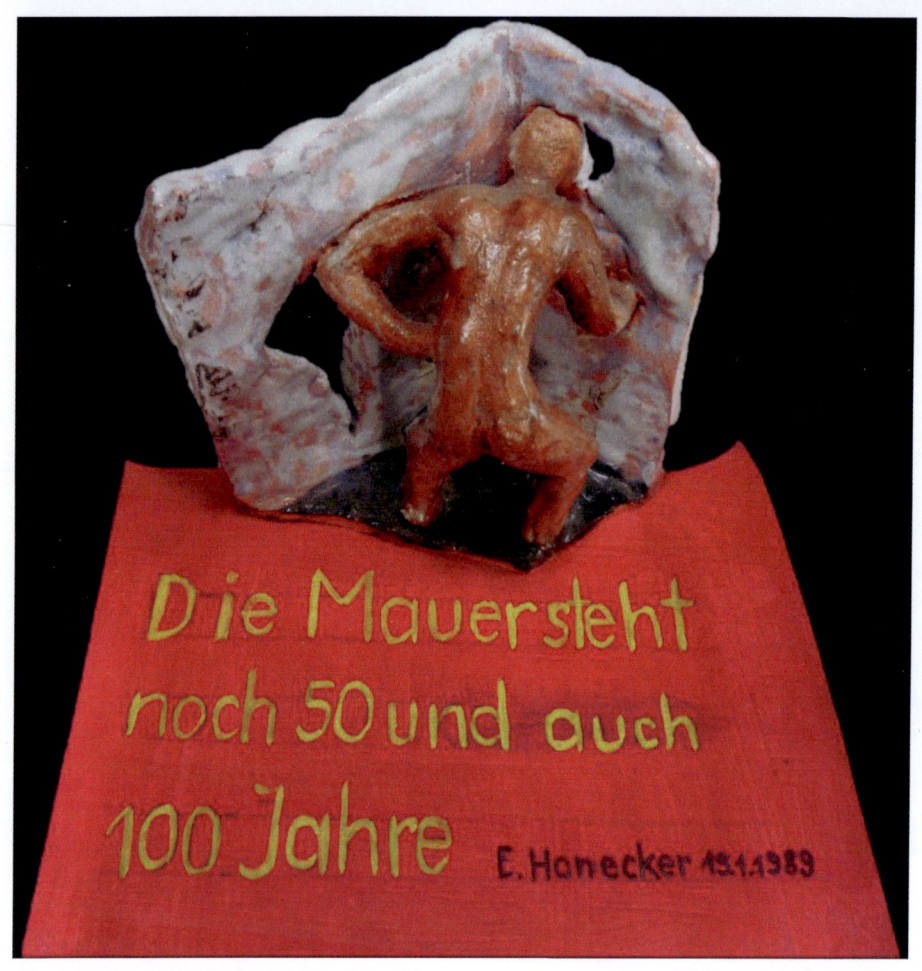

Die Mauer steht noch 50 und auch 100 Jahre E. Honecker 15.1.1989

Ein Mensch durchbricht die Mauer
Diese Tonplastik entstand im September 1989, 2 Monate vor dem Fall der Berliner Mauer

Politische und gesellschaftliche Fehlentwicklungen

Politisches Tablett: Guten Appetit!

Die Karikaturen wurden einem Faltblatt des Bundes freier Bürger entnommen

Schuldkult und Selbsthass- pathologisch!(?)!

Inschriften: auf dem Fries: Nie wieder Deutschland   Unsere Schuld auf ewig auf der Stola: Kollektivschuld auf dem Schwein links: Thanks Bomber Harris (für die Vernichtung Dresdens) auf den Flügeln der Ente: Deutschland verrecke!

Prosit!

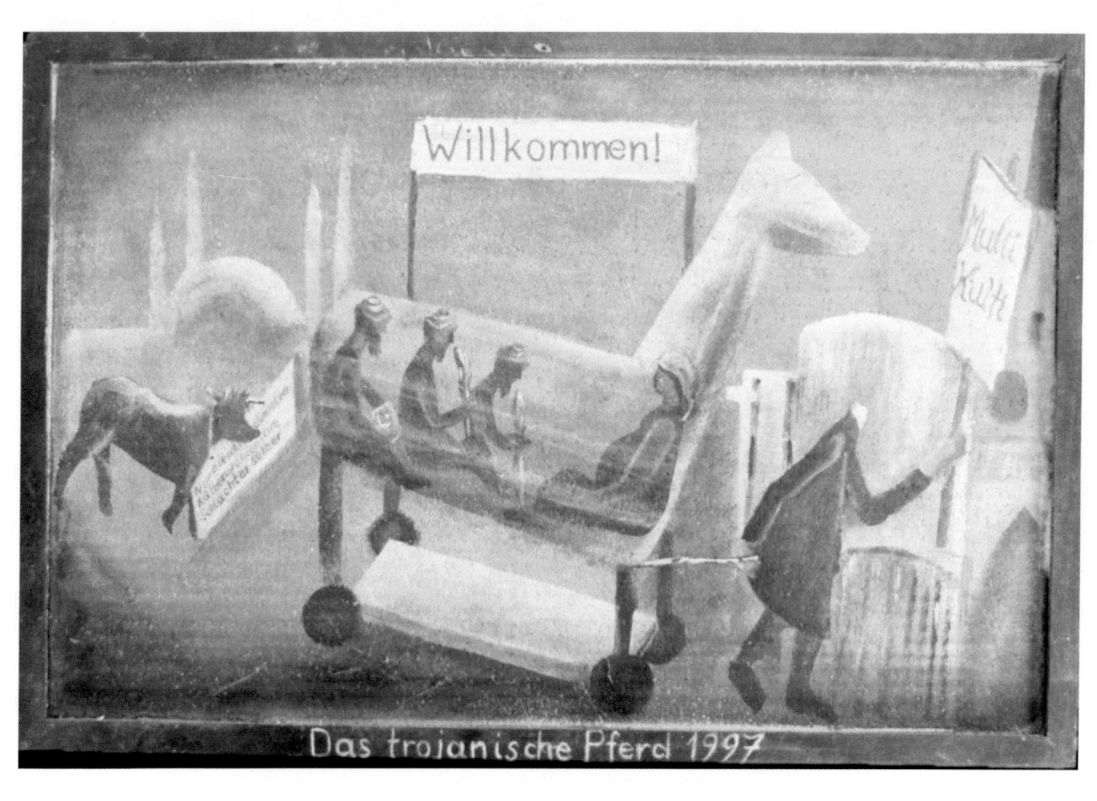

Das trojanische Pferd 1997

Zuviel Humanität mordet die Humanität
Altministerpräsident **Heinz Kühn,** (SPD) Nordrhein-Westfalen

26

Der Dämon
27

Statt eines Nachwortes ein Lied aus dem evangelisch-lutherischen Kirchengesangbuch (1987):

Wach auf, wach auf, du deutsches Land
Johann Walter 1561

Die Wahrheit wird jetzt unterdrückt,
will niemand Wahrheit hören;
die Lüge wird gar fein geschmückt,
man hilft ihr oft mit Schwören;
dadurch wird Gottes Wort veracht',
die Wahrheit höhnisch auch verlacht,
die Lüge tut man ehren.

Wach auf, Deutschland, 's ist hohe Zeit,
du wirst sonst übereilet,
die Straf dir auf dem Halse leit(liegt),
ob sich's gleich jetzt verweilet.
Fürwahr, die Axt ist angesetzt
und auch zum Hieb sehr scharf gewetzt,
was gilt's, ob sie dein fehlet.

Vom gleichen Autor erschienen bei Books on Demand:

Die goldene Rose (2001)   ISBN 3/8311/1977/5
:ein kreatives Projekt für Nachwuchsfilmer

Nie wieder Krieg (2003)   ISBN 3-8334-0437-X
Not und Elend von Krieg und Nachkriegszeit aus der Sicht von Zivilpersonen

Stille Helden (2005)   ISBN 3-8334-2296-3

Schulanekdoten (2005)   ISBN 3-8334-2835-X
Heiteres und Nachdenkliches

Täglich ereignet sich Weihnachten (2014)
Ein Lesebuch fürs ganze Jahr ISBN 978-3-7357-9917-3

Lebensretter (2015)   ISBN 978-3-7386-6450-8
Geschichten, die zu Herzen gehen

Die blaue Blume (2015)   ISBN 978-3-7386-6010-4
Gemälde mit klassischen und romantischen Gedichten

Im Eigenverlag: Mystische Landschaften und Musik
Mit Gedichten von J.W. v. Goethe, Hermann Hesse und Dichtern der
Romantik